閱讀123

國家圖書館出版品預行編目資料

快閃貓生活謎語童話1. 神祕山有鬼?／
顏志豪 文；水 腦 圖 -- 第一版. -- 臺北市：
親子天下股份有限公司, 2021.07
136 面；14.8x21公分. --（閱讀123）
ISBN 978-626-305-024-2（平裝）
863.596　　110008735

快閃貓生活謎語童話❶

神祕山有鬼?

作者｜顏志豪
繪者｜水　腦

漫畫自然領域知識審定｜盧俊良
責任編輯｜陳毓書
特約編輯｜游嘉惠
美術設計｜林家蓁
內頁排版｜蕭雅慧
行銷企劃｜林思妤

天下雜誌群創辦人｜殷允芃
董事長兼執行長｜何琦瑜
媒體暨產品事業群
總經理｜游玉雪　副總經理｜林彥傑
總編輯｜林欣靜
行銷總監｜林育菁　副總監｜蔡忠琦
版權主任｜何晨瑋、黃微真

出版者｜親子天下股份有限公司
地址｜台北市 104 建國北路一段 96 號 4 樓
電話｜（02）2509-2800　傳真｜（02）2509-2462
網址｜ www.parenting.com.tw
讀者服務專線｜（02）2662-0332　週一～週五：09:00~17:30
傳真｜（02）2662-6048　客服信箱｜ parenting@cw.com.tw
法律顧問｜台英國際商務法律事務所．羅明通律師
製版印刷｜中原造像股份有限公司
總經銷｜大和圖書有限公司　電話：（02）8990-2588

出版日期｜ 2021 年 7 月第一版第一次印行
2024 年 9 月第一版第八次印行

定價｜ 300 元
書號｜ BKKCD148P
ISBN ｜ 978-626-305-024-2（平裝）

神秘山有鬼？

快閃貓生活謎語童話 1

文 顏志豪
圖 水腦

不停火車站
夜晚郵局
笑呵呵澡堂
咕狗
帥帥馬
猴正經
猴不正經
吹吹風村民廣場
Map
森林村

山神廟
神祕山
月光湖
快
雲校長
不准笑巫婆
不准笑巫婆便利商店
咕嚕果汁店
快閃貓
變色羊

目次

1. 快閃貓的快閃影……7
2. 羊毛變色秀……19
3. 天哪！不准笑巫婆回來了！……31
4. 雲校長的祕密……45
5. 猴正經與猴不正經……57

6. 神祕山有鬼？……67
7. 打臉扇……81
8. 幽靈火車……91
9. 年獸來了！……103
10. 快閃爸的床邊故事……115
故事讀完之後……125

1. 快門貓的快門影

快閃貓是森林村快樂小學，啪啦啪啪班的新生。

他最強的能力就是動作輕巧快速，連他的影子快閃影，也常常跟丟迷路。

這一天下課，快閃貓瞧見班導師臭臉獅步伐有點焦急，他躡手躡腳的跟在後頭偷看，原來臭臉獅正趕著去廁所！

突然，雲校長大叫一聲：

「臭臉獅老師。」

班導師臭臉獅嚇一大跳，尿差點噴出來，幸虧忍住了。

機會來了！快閃貓刷的一聲，飛快抓住一根班導師臭臉獅的尾巴毛，用力一拔。

「耶！」快閃貓露出勝利的笑容，他早就很想拔拔看了。

「啊——」班導師臭臉獅用盡全身力量拚命忍住，絕對不允許尿噴出來，他忍到臉都變形，身體歪七扭八！

雲校長在二樓見了忍不住哈哈大笑，快閃貓也笑倒在地。

班導師臭臉獅氣急敗壞的上完廁所，準備找快閃貓算帳，不過快閃貓早就像一陣風，開溜跑走。

慘了！動作慢的快閃影，不只沒跑成，還被班導師臭臉獅一腳踩住。

「嘿嘿！我就不相信你的主人不來救你！」

班導師臭臉獅把快閃影捲成一幅畫軸，綁起來收在辦公室的抽屜裡。

快閃貓與快閃影一向形影不離，少了快閃影陪伴，快閃貓做什麼都不對勁！

快閃影不但會幫他趕跑煩人的蒼蠅，放學也會陪伴他一起回家。

現在身邊沒了快閃影，快閃貓感到很孤單。

趁著班導師臭臉獅不在，快閃貓偷偷潛入教師辦公室，偷偷解開繩子。

快閃貓激動得緊緊擁抱快閃影說：

「我真的好想你，下次你要記得跟好。」

班導師臭臉獅發現快閃影被偷走，氣得像是一顆快爆炸的獅子氣球。

做了虧心事的快閃貓，很擔心班導師臭臉獅會跟快閃媽告狀，他坐立難安，連最愛的布丁也嚐不出味道。

於是，一下課他就捲好快閃影到辦公室去，跟班導師臭臉獅自首。

班導師臭臉獅處罰快閃貓不准吃午餐，要他到操場上罰站，好好反省。

中午的太陽，又凶又大。快閃貓汗如雨下，頭昏眼花。

「好熱！」快閃貓覺得快被蒸發了，想不到他低頭一看，快閃影又不見了！

「可惡！」

快閃貓以最快的速度，回去找班導師臭臉獅理論。

「注意看！快閃影一直在你的腳下。」臭臉獅說。

「咦？真的耶！剛才快閃影明明不見了呀？」

奇怪，剛才快閃影到底跑到哪去了？

答：因為正中午時影子變得很短很短，短到幾乎看不見了。

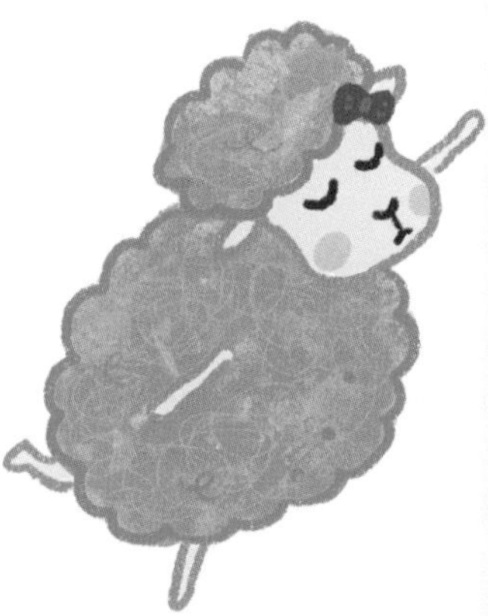
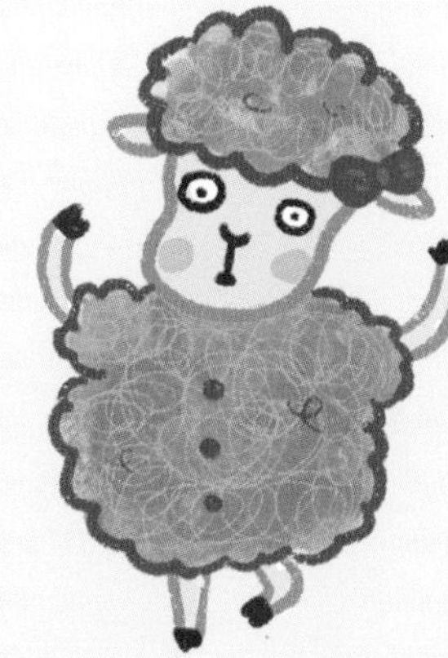
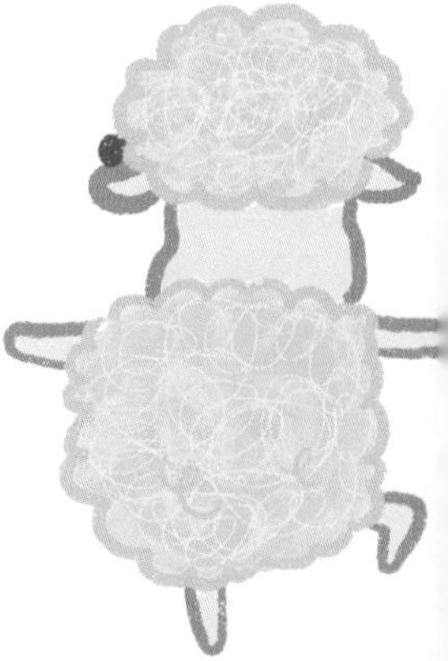
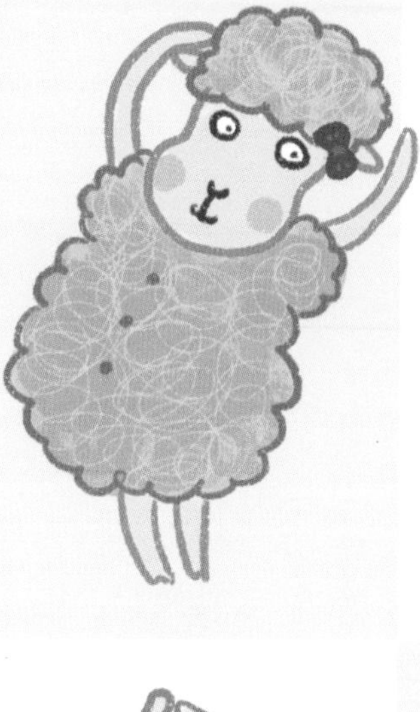

2. 羊毛變色秀

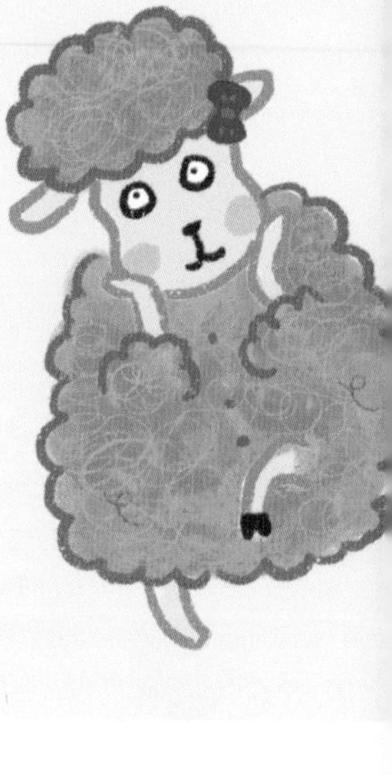
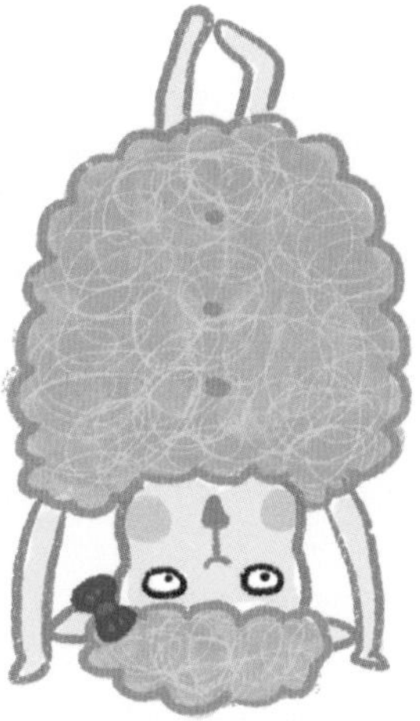
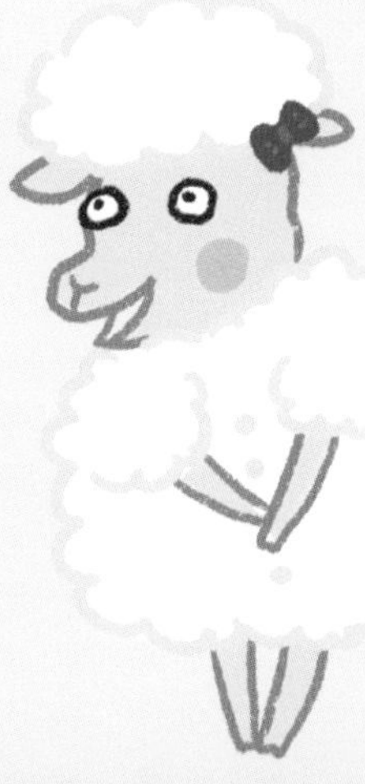
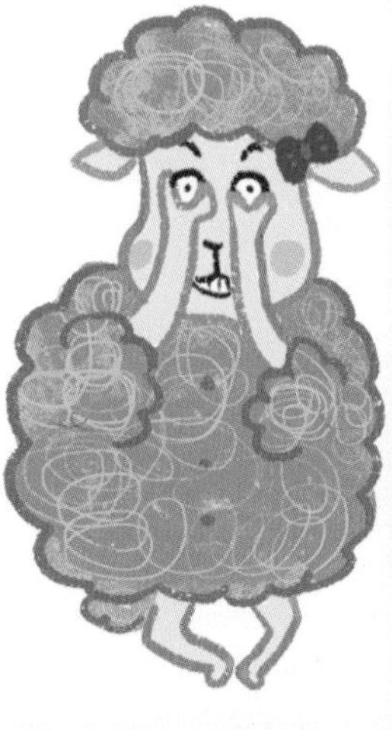

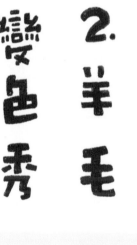

快閃貓班上有一個同學，她的名字叫做變色羊。她很特別，只要一吃東西，身上軟綿綿的毛髮就會變色，像是一個有點阿花的七彩燈籠。

快閃貓很喜歡變色羊，更喜歡跟她一起吃午餐。

一到午餐時間，變色羊在所有同學的眼中，就像一個大明星，耀眼無比。

同學們都很期待午餐時間的到來，因為可以一邊用餐、一邊欣賞變色羊大明星的「羊毛變色秀」。

變色羊吃了白米飯，
她就變成一朵白胖胖的雲，
同學們會跟著她一起吃米飯，
希望也能成為一朵翱翔天空
的白雲。

如果變色羊變成黃色，
大家都會知道她吃了玉米，
也會跟著吃下玉米。

變色羊就像是一個「午餐指揮大師」，同學們一個口令，一個動作。

不過問題來了。變色羊覺得綠色非常噁心，所以她從來不吃綠色青菜。

當然，同學們也跟著她不吃綠色青菜，所以每次午餐結束，剩下的綠色青菜，總是堆得像山一樣高。

噹！噹！噹！午餐時間又到嘍。

今天的菜色有蒸蛋、炒空心菜、炸地瓜、金針湯，飯後甜點是：香甜的芒果。

依照往常，變色羊沒吃炒空心菜。

變色羊今天有點心不在焉，因為快閃貓送她一顆藍色巧克力。

銀河口味的藍色巧克力，是變色羊的最愛，比起午餐她更想吃巧克力啊……她忍不住了！

變色羊偷偷把藍色巧克力塞進嘴裡，就在這個時候，發生大事了！

變色羊的毛竟然變成從來沒有過的綠色！同學們以為她吃下炒空心菜，紛紛跟著把青菜吃進肚。

「沒想到那麼好吃！」

「真的那麼好吃嗎？」變色羊看到同學吃得那麼開心，好奇心作祟，也忍不住偷吃了一口。

「沒想到炒空心菜，竟然那麼好吃。」

從此，她開始愛上綠色青菜。

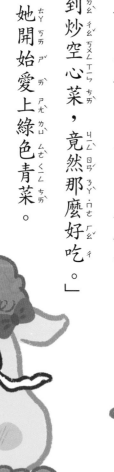

但是她討厭變成綠色怎麼辦？她想到一個辦法，只要先吃綠色青菜，再吃下別的食物，她的毛髮就不會一直是綠色。

她覺得自己聰明極了。

但是，變色羊還是不知道，她明明沒吃空心菜，為什麼會變成綠色？

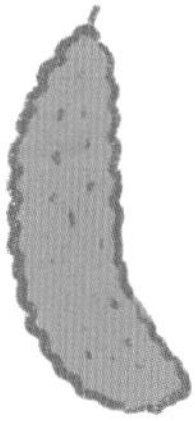

答：變色羊先吃了黃色食物，再偷吃藍色巧克力，所以她的變色毛混色變成綠色。

3.天哪！
不准笑巫婆
回來了！
店休
無限期！

不准笑巫婆的便利商店，很久沒開了；因為不准笑巫婆買到一顆超超超好睡枕頭，她一睡就是一百年。

哈哈哈哈哈哈

沒想到突如其來一陣尖銳奔放的笑聲，竟然把不准笑巫婆笑醒了。不准笑巫婆只要聽到笑聲，全身就會發癢。

「是誰發出如此難聽的笑聲？」

不准笑巫婆打開滿是灰塵的窗戶，看見變色羊和快閃貓，正在吹吹風村民廣場上嬉鬧，歡笑聲不斷。

「我快癢死了，不准笑！」
不准笑巫婆拿起黏滿蜘蛛絲的魔法棒，唸著咒語：「我是茶壺矮又肥，我是茶壺矮又肥……」
一陣風吹過，不准笑巫婆就變身成了變色羊。

不准笑巫婆想破壞快閃貓和變色羊的友誼，她要假扮成變色羊去整快閃貓。

不過變身的魔法有一個禁忌，要是她發出「2」的聲音，魔法就會立即消失。

「千萬不能破功！」

但不准笑巫婆越是這麼想，她的腦海裡越是充滿關於「2」的發音。

這時，真正的變色羊有事先回家，而快閃貓發現，從沒開過門的不准笑巫婆便利商店竟然開張了，他好奇的走進去逛逛。

店裡除了各式各樣零食飲料和生活用品，還有各種稀奇古怪的東西。

快閃貓逛了一圈，拿了飲料，大喊：「我要結帳！」

變身成變色羊的不准笑巫婆不方便出現，只好躲在櫃臺底下說：

「今天開幕，飲料免費！」

「真是太幸運了！」快閃貓手舞足蹈的多拿了好幾瓶。

這時候，不准笑巫婆趕緊從側門跑出來，故意跟快閃貓巧遇。

「變色羊，你不是回家了？」快閃貓疑惑的問。

不准笑巫婆喬裝的變色羊，清清喉嚨，捏造聲音，說：

「我記錯了，做餅乾是明天啦。」

快閃貓歡呼：「真是太好了！夏天喝飲料最享受了，快選一罐，我請你喝。」

不准笑巫婆本來不想喝，但是她太久沒晒太陽，沒幾秒的時間，她已經熱得要死。

呃~ㄜ~2~

袋子裡有超奇異果果汁，桃花木瓜牛奶，好英菌優酪乳，懷念奶奶奶茶，臉紅紅紅茶，還有口渴可樂。

於是不准笑巫婆隨便挑了一罐冰涼飲料，咕嚕咕嚕猛灌。

喝到一半，她突然打了一聲很大的響嗝。

「**2……**」

原本晴空萬里的好天氣，瞬間刮起狂風。

「你是不准笑巫婆！」

快閃貓嚇得一溜煙跑掉，不准笑巫婆根本來不及反應，快閃貓已經跑得不見蹤影。怎麼會這樣呢？

猜一猜，不准笑巫婆最有可能喝了什麼飲料？

午夜兩點，
咕狗來解答
不准笑巫婆便利商店
晒了一整天太陽，我也快渴死了，
我想喝有氣泡的飲料，替自己打打氣。就喝口渴可樂吧。
ㄅㄛ
口渴
口渴可樂是汽水也是碳酸飲料，飲料裡加壓充入二氧化碳，所以開瓶時壓力變小，溶解在可樂中的二氧化碳跑出來，會有很多泡泡。把泡泡中的氣體喝進肚子裡，容易打嗝。你打過嗝嗎？打嗝的聲音是不是跟「2」很像呢？
嗝
2
ㄜ

答：不准笑巫婆喝了口渴可樂，打嗝發出接近「2」的聲音，所以魔法破功。

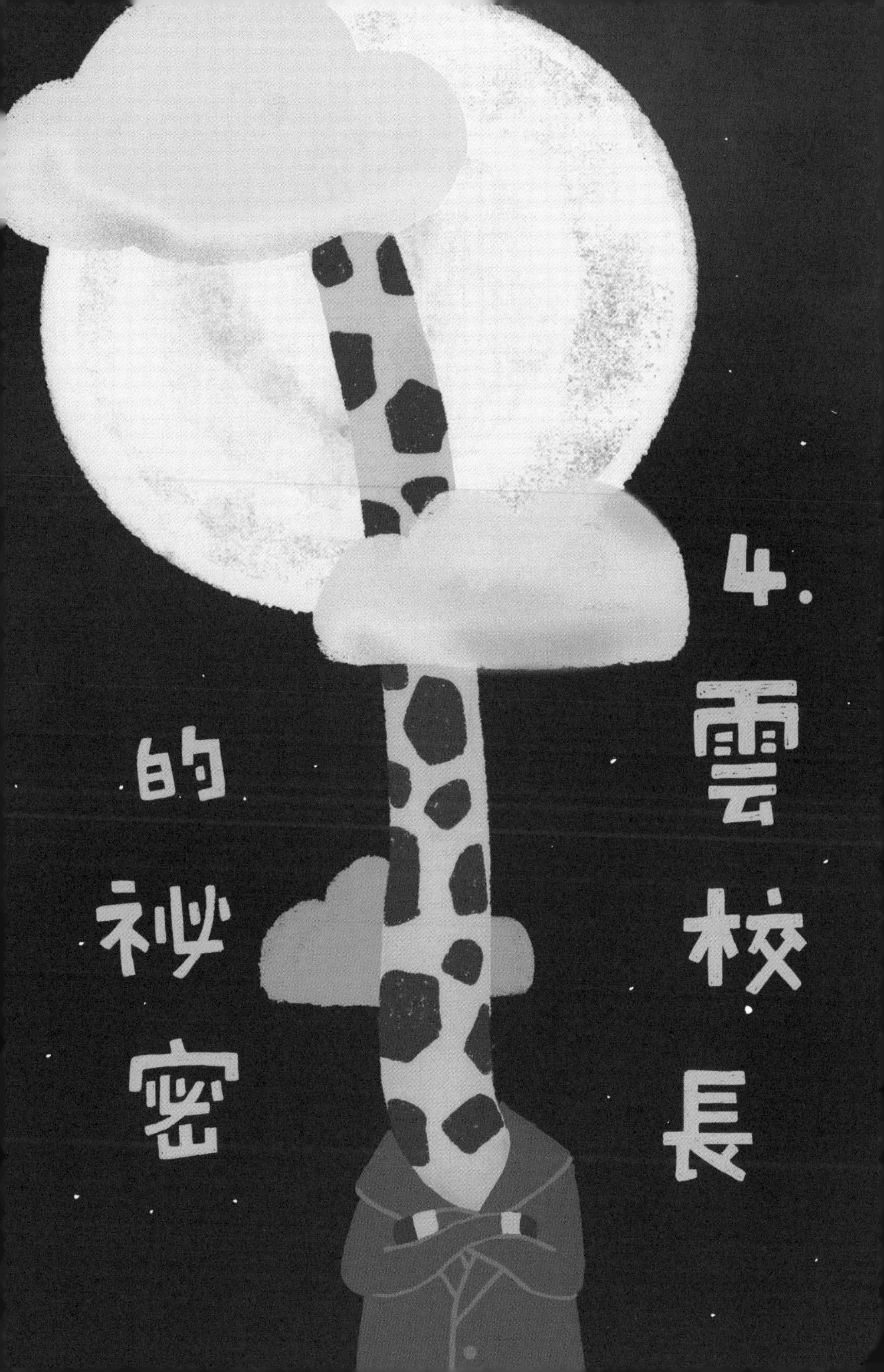
4. 雲校長
的祕密

雲校長是長頸鹿校長，因為他的脖子實在太長，長得太高，他的頭總是被一朵雲遮住，到現在還沒有村民看過他的廬山真面目。

小朋友都喜歡叫他「雲校長」。

由於在夜晚守護快樂小學的貓頭鷹警衛生病請假一個月，雲校長只好自己代班警衛的工作。

總是早睡早起的雲校長，晚上代班不能睡覺，對他來說，是件苦差事。

代班第一天，雲校長喝了十杯咖啡，深怕自己打瞌睡。

總算有了精神的雲校長，拿著手電筒巡視，查看有沒有小偷光顧。

「沒想到今天是滿月啊！」

雲校長一邊欣賞星空，一邊哼著歌，四處巡邏。

突然，他發現在黑壓壓的草堆中，有個小東西在發亮。

雲校長過去撿起來一看，是一顆會發光的種子。

「既然是種子，不如種種看，看會長出什麼東西？」他決定要種下這顆種子。

「種在哪裡好呢？」雲校長靈光一閃，「有了！」

雲校長的脖子一伸，沒想到就到月亮上去了，他種下種子之後，再把頭縮回學校。

躲在草叢旁邊偷看的快閃貓，簡直不敢置信。

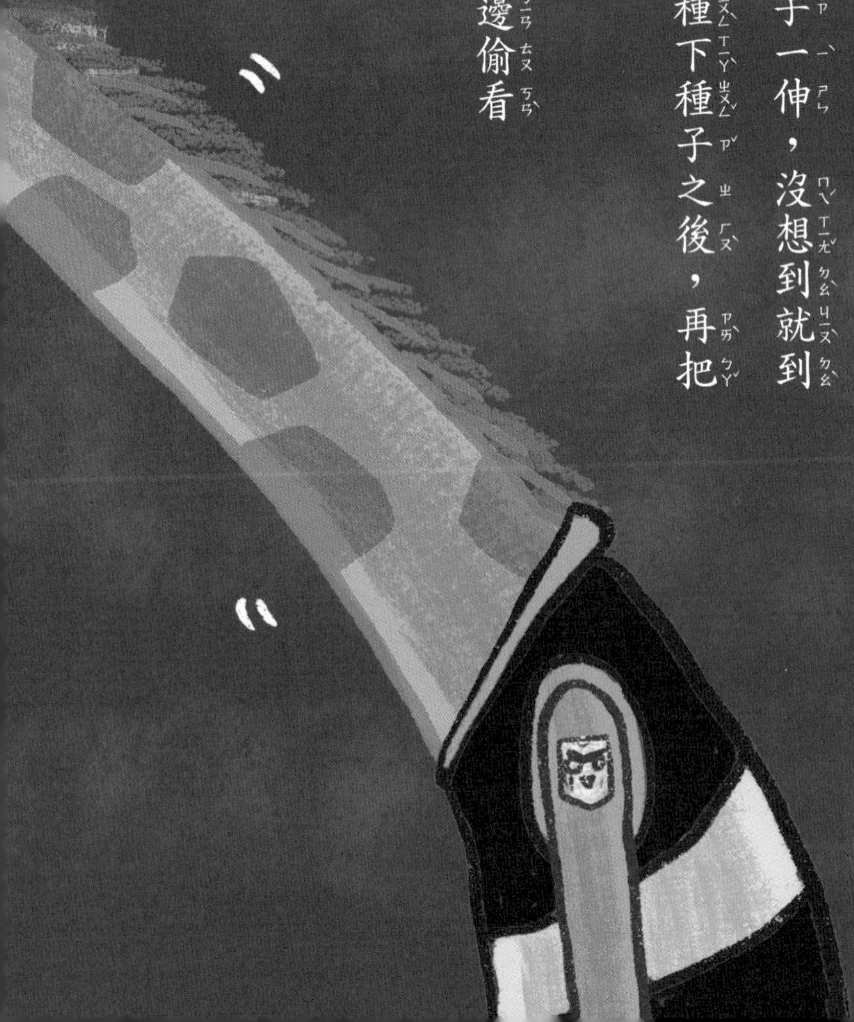

「雲校長實在太酷了！」

儘管如此，快閃貓仍舊很惋惜沒能看清楚雲校長的五官模樣。

你們會不會也很好奇：為什麼快閃貓會出現在這裡？

因為快閃貓又忘記帶作業回家了。

一如往常，他本想偷偷跑回學校，拜託貓頭鷹警衛讓他進教室拿作業簿；結果他沒找到貓頭鷹警衛，卻看見雲校長種下神祕種子的全部過程。

後來，快閃貓每天晚上都溜來學校，他最關心的事，就是種在月亮上的種子到底會不會發芽。

快閃貓每天觀察，卻發現月亮變得一天比一天小，小到快不見了。

終於，月亮消失了。

快閃貓嚇呆了！

會不會是發光的種子，吸光月亮的

所有養分，害得月亮消失了！

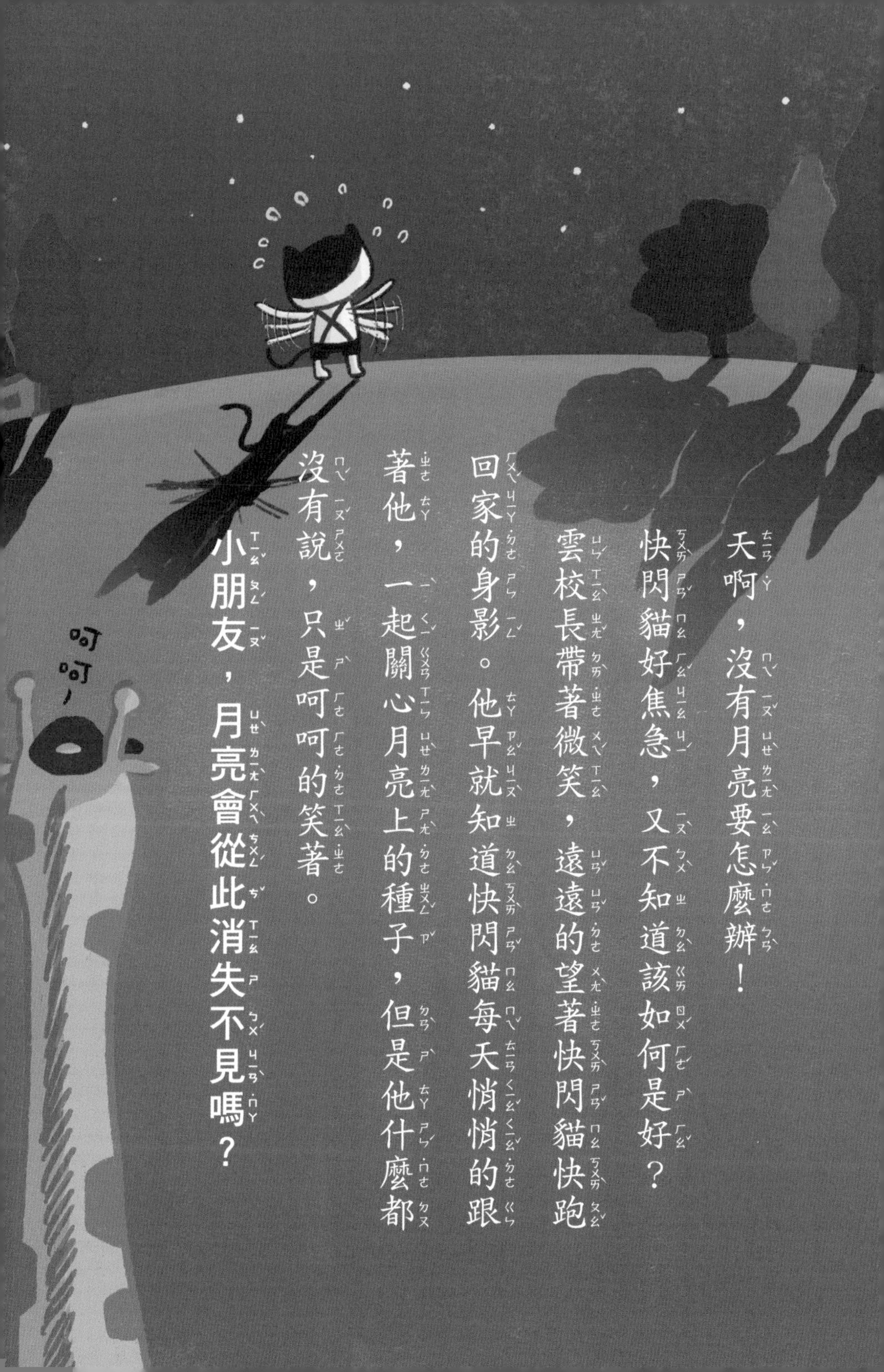

天啊，沒有月亮要怎麼辦！

快閃貓好焦急，又不知道該如何是好？

雲校長帶著微笑，遠遠的望著快閃貓快跑回家的身影。他早就知道快閃貓每天悄悄的跟著他，一起關心月亮上的種子，但是他什麼都沒有說，只是呵呵的笑著。

小朋友，月亮會從此消失不見嗎？

午夜兩點，
咕狗來解答
月亮真的太美了。
1 2 3 4 5 6 7 8 9 10 11 12 13 14 15 16 17 18 19 20 21 22 23 24 25 26 27 28 29
月亮每天會因為太陽光照射的角度不同，而出現形狀的變化，稱為「月相」。初一新月的時候完全看不見，十五滿月的時候又圓又亮，循環不息。

答：不會的。只是消失幾天以後，就會再慢慢變大了。

5.

猴正經與猴不正經

快閃貓班上的同學都非常有特色，除了變色羊之外；另外一對讓快閃貓覺得他們實在也怪咖得很誇張的同學，就是雙胞胎：猴正經與猴不正經。

哥哥猴正經，看起來很正經，做事更是正經，功課好，人又有禮貌。

弟弟猴不正經，看起來就很不正經，做事更不正經，功課又不好，喜歡講很難笑的笑話。

猴正經和猴不正經這對兄弟長得幾乎一模一樣，快閃貓的獨特分辨方法是：

「哥哥猴正經覺得弟弟猴不正經太不正經；弟弟猴不正經覺得哥哥猴正經太正經。」

這對兄弟最大的特色，只要是鐵的東西，無所不吸！

比如，他們只要拿起鐵湯匙，就會被肚子吸住，所以吃飯只能拿木湯匙。

這些都還不夠誇張。

他們兩兄弟最誇張的是就連屁股也會「吸鐵大法」！

猴正經和猴不正經有一個困擾，就是他們兩兄弟沒有辦法擁抱。每次吵架時，猴媽媽都會要他們給對方一個大大的擁抱。但是，只要他們想要面對面擁抱，就會把彼此彈出去。

沒人知道為什麼會這樣，猴正經和猴不正經都覺得是自己太害羞

的關係。

為了不能擁抱這件事，猴媽媽求了許多名醫，但是怎麼都治不好。

後來，猴媽媽只好到不准笑巫婆便利商店找巫婆幫忙。

不准笑巫婆閉上眼睛，摸著晶亮透光的水晶球，唸著咒語：「水晶正經不正經，水晶水晶亮晶晶。」

她認真的瞧著水晶球，說：「他們兩個兄弟不可能正面擁抱，不過只要換個方式抱就可以。」

猴媽媽滿臉疑惑：「麻煩你再說清楚一點好嗎？」

巫婆不懷好意的說：「那就得多付錢！」

小氣的猴媽媽，堅持不付。但是，她的猴腦袋瓜，不管怎麼轉，就是轉不出什麼答案來。

究竟，猴正經和猴不正經要怎麼樣，才能擁抱彼此呢？

午夜兩點，咕狗來解答
咕狗也很好奇兩兄弟的祕密，他悄悄來到……
詳見《精靈百科全書》第95頁，「磁鐵精靈」
毒
精靈百科全書
草藥學
磁鐵精靈的肚子是N極，背部是S極，特性是同極性相斥，不同極性相吸。肚子靠肚子，N極撞N極，所以會彈開。只要讓N極靠近S極就會相吸了。
磁鐵精靈
原來猴正經和猴不正經是磁鐵精靈轉世呀，那他們就只能這樣抱啦！
答：猴正經和猴不正經只要從背後抱就可以緊緊抱在一起，再也不必害羞。

6. 神祕山有鬼？

「在森林村裡面，有座神祕山。
月光湖就在神祕山最深、
最暗的地方。

「很久以前，神祕山上有許多惡鬼和妖怪，他們抓走上山的小朋友，被抓走的，從此就沒回來過了。」班導師臭臉獅說起森林村流傳已久的傳說。

「哇——」

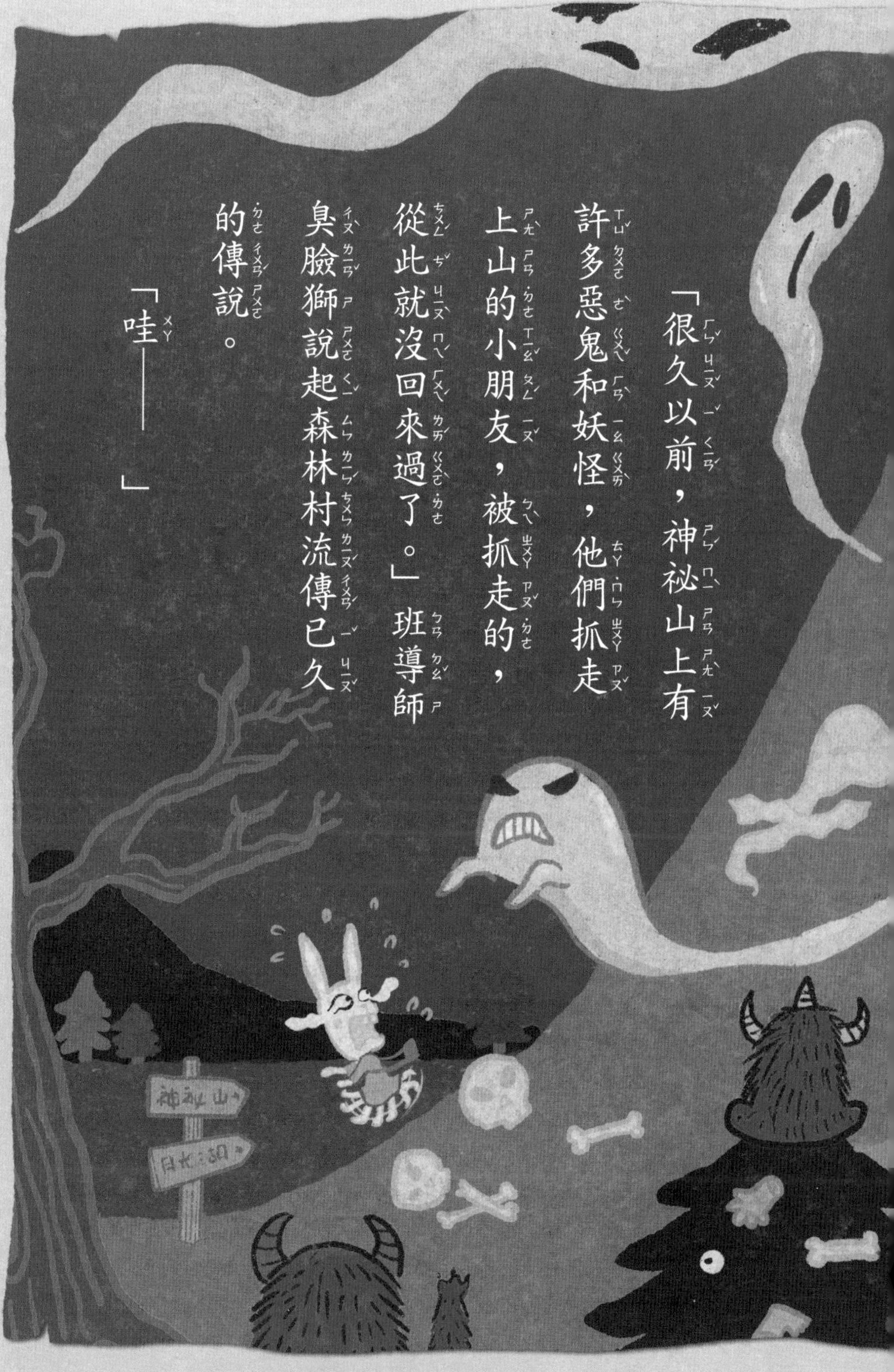

同學們聽完，全嚇壞了。

「難怪我媽禁止我晚上跑去神祕山。」變色羊說。

班導師臭臉獅繼續說：「村民們都十分害怕，一直到山神的出現，才把這些妖怪鎮守住。」

「你會怕嗎？」帥帥馬看著雙腳發抖的快閃貓說。

「我才不相信那些事。」快閃貓嘴硬反駁。

於是，趁著班導師臭臉獅在寫黑板時，他們私底下暗自做了約定。

「今天晚上十二點，到神祕山舉行試膽大會，誰先到月光湖，取到月光湖水煮番薯湯，誰先吃完，誰就贏。敢不敢？」帥帥馬提議。

「誰怕誰，烏龜怕鐵鎚。」

快閃貓也不示弱的答應。

很快的，太陽下山了。

皎潔大圓月
照亮月光湖，
晶燦晶燦的月光，
灑滿湖面。

「預備……開始。」變色羊一喊完，帥帥馬和快閃貓同時起跑，往月光湖的方向狂奔。雖然快閃貓的速度飛快，但是帥帥馬也是運動健將。他們幾乎同時抵達月光湖。

神祕山好冷，四處還有奇怪的嘰喳聲傳來。但他們顧不著喘息，卸下鍋子，舀取月光湖水，放入番薯；也幾乎同時開始生火，等待番薯湯煮熟。

十五分鐘過去，番薯沒熟。

半小時過去，番薯沒熟。

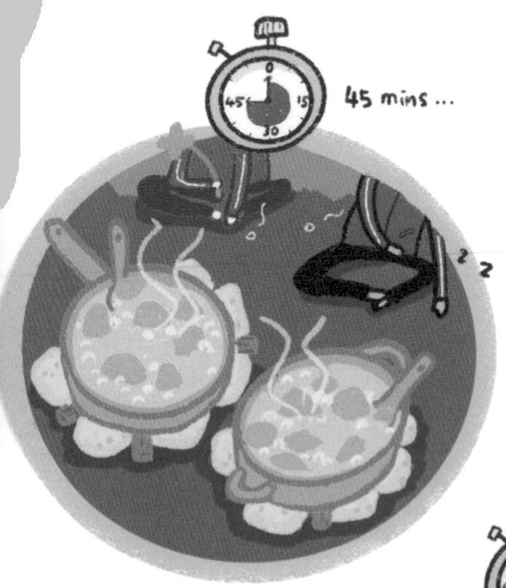

四十五分鐘過去，番薯還是沒熟。

「怎麼會這樣？平常媽媽煮番薯薑湯，十五分鐘就煮好了啊。」

快閃貓覺得很納悶。

這時候，那個奇怪的嘰喳聲，越來越靠近，越來越大聲。

快閃貓和帥帥馬紛紛冒起冷汗。

「有鬼啊——」

快閃貓和帥帥馬不管三七二十一，一邊大叫，一邊以最快的速度衝下山，連快閃影都被遺留在神祕山上。

「兩個小笨蛋，鬼怪都被我鎮守住了，你們到底是哪隻眼睛看到鬼？」

山神撿起快閃影，冷冷的說。

親愛的小朋友，
既然山神已經把鬼怪鎮守住，沒有鬼作怪為什麼快閃貓他們的番薯煮不熟？

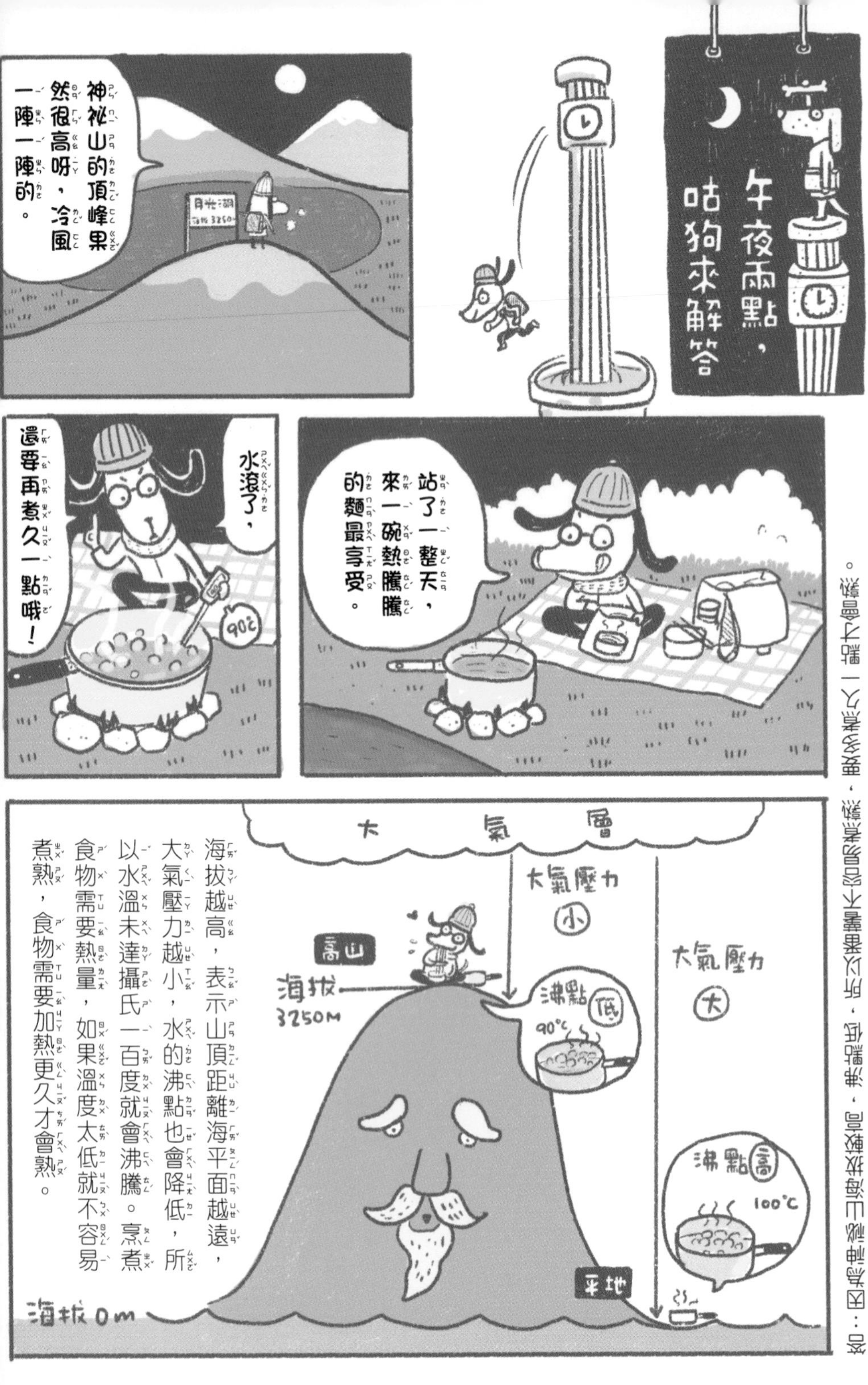
午夜兩點，咕狗來解答
神祕山的頂峰果然很高呀，冷風一陣一陣的。
月光湖
海拔3250
站了一整天，來一碗熱騰騰的麵最享受。
水滾了，
還要再煮久一點哦！
90℃
大氣層
大氣壓力 小
大氣壓力 大
高山
海拔 3250M
沸點 低
90°C
沸點 高
100°C
平地
海拔 0m
海拔越高，表示山頂距離海平面越遠，大氣壓力越小，水的沸點也會降低，所以水溫未達攝氏一百度就會沸騰。烹煮食物需要熱量，如果溫度太低就不容易煮熟，食物需要加熱更久才會熟。

答：因為神祕山海拔較高，沸點低，所以麵條不容易煮熟，要多煮久一點才會熟。

7. 打臉扇

舊村長呵呵呵鼠才卸任一個月，村民已經非常懷念他了，因為新任村長嚇死你老虎的做事方法，每次都讓村民哇哇哇叫三聲，非常不習慣。

呵呵呵鼠的臉上總是掛著笑容，只要村民開心

就好，其他的事都不重要。

嚇死你老虎要求村民都得按照他的意思做事，否則他就會張開大嘴，暴「吼」一聲，讓你魂飛魄散！

大家不想做也得做，敢怒不敢言。

不知道從什麼時候開始，森林村村民幾乎人人一把扇子，大家既不搖也不搧，就是拿著像波浪鼓一樣轉啊轉，然後邊轉邊笑，真是一把怪扇！

這一天，快閃貓就在吹吹風村民廣場的咕狗雕像下納涼，一邊玩扇子。他把扇子轉啊轉啊，嗤笑著說：

「打臉啦打臉啦，笑死我了！」

快閃貓笑到腳軟，就連嚇死你老虎來了，他也沒發現。

「你好，最近好像流行玩扇子。」

嚇死你老虎親切的跟快閃貓打招呼，仔細看了才發現，扇子上有他的臉，還有一隻大手猛打他的臉。

嚇死你老虎氣到鼻孔冒煙，一把搶走扇子。

快閃貓嚇死了，他連忙大喊：

「快還給我！」

嚇死你老虎拿高了扇子，把扇子的前面後面都仔細瞧了一遍，卻沒看到什麼打臉的圖畫。

「咦？」

他撐大眼皮，又仔細看了看，發現扇面有一面是他的頭像，

頭像還親切的對著他微笑。扇子的另一面則是一隻大手，這隻大手也親切的跟他打招呼：嗨，你好。

「怎麼會這樣？」

扇子的圖案看起來一點問題都沒有！

「只是一把扇子而已啊！」知道嚇死你老虎沒發現扇子的祕密，快閃貓暗暗高興偷笑。

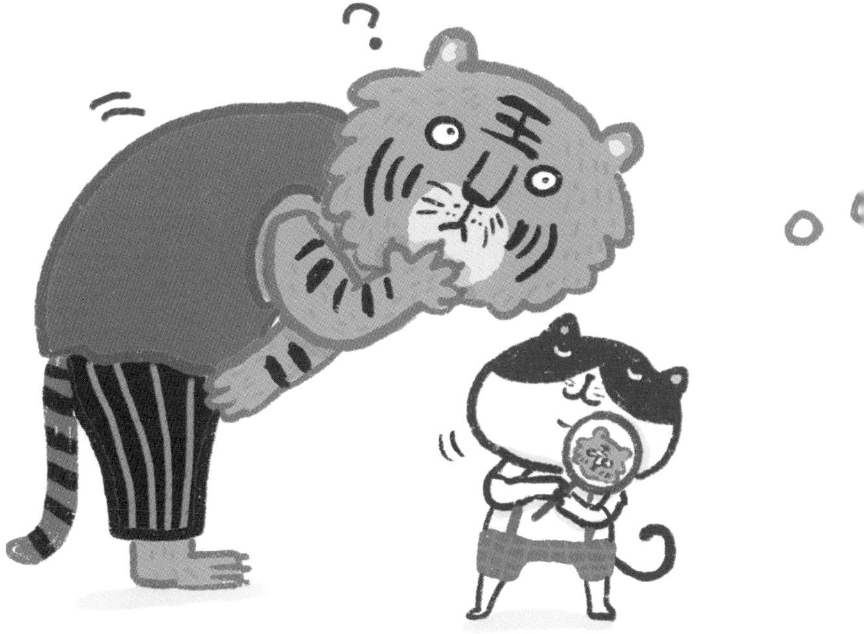

「對不起，我錯怪你了，扇子還你。」嚇死你老虎說。

快閃貓拿回扇子立刻溜了。

嚇死你老虎忍不住喃喃自語：「怎麼跟剛才看到的不一樣呢？」

為什麼新村長嚇死你老虎會看到扇子上，有他被大手打巴掌的圖案，你猜到了嗎？

答：因為只有扇子快速旋轉的時候，眼睛才會因為視覺暫留而看見交疊的影像。

8.
幽靈火車

期中考優雅禮貌考試的時候……

成績揭曉：五十分，快閃貓的晚餐泡湯了。

快閃貓認為他又不是故意的，但是快閃媽不這麼想，她認為快閃貓做事總是莽莽撞撞，輕輕浮浮。

快閃貓一氣之下，決定離家出走。

「媽媽是個大笨蛋！」

從沒有踏出森林村一步的快閃貓，在怒氣幫助之下，快閃速度更是打破紀錄，他「咻！」一聲就到了「不停火車站」。

沒想到「不停火車站」的三個樂透招牌，這時竟然開始發光轉啊轉，停下來的時候，都是笑臉的圖案，代表著：現在入閘可以免費搭火車。

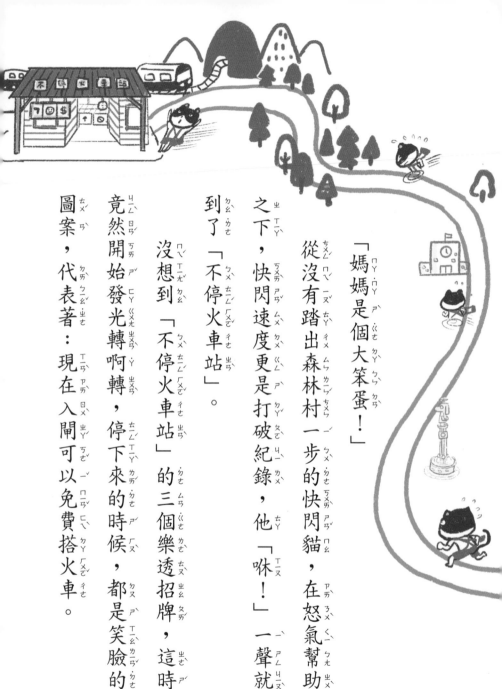

不停火車
F.R.E.E
車站慶50週年，樂透搭火車，三個可
Yes!
真是太幸運了。

快閃貓看到兩輛火車停靠在月臺上，他隨便選一輛直接衝進去。

快閃貓第一次搭火車，他蹦蹦跳跳，東看看，西摸摸，「真奇怪，火車怎麼

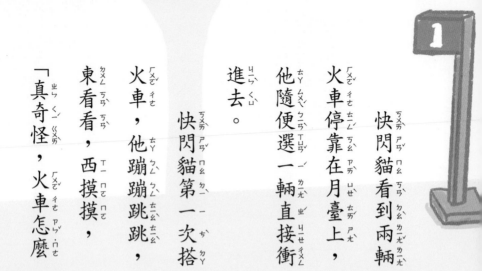

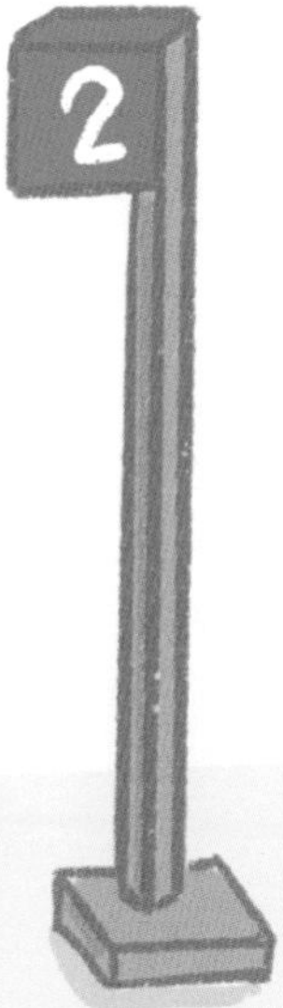

還不跑呢？」

更奇怪的是，車廂裡面一個乘客都沒有，只有快閃貓。

沙發椅好軟，快閃貓好累，他沒多想就這樣睡著了。

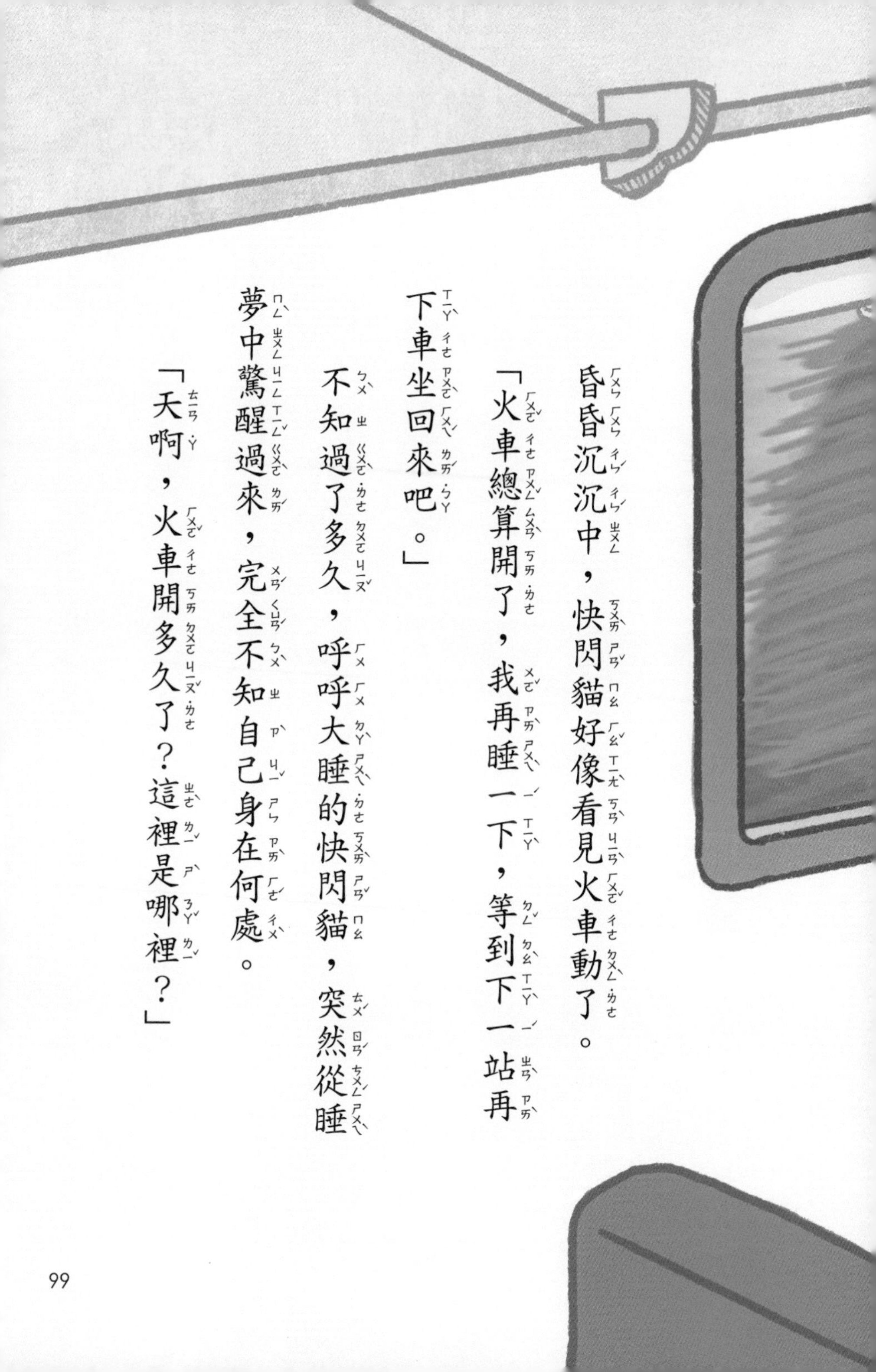

昏昏沉沉中，快閃貓好像看見火車動了。

「火車總算開了，我再睡一下，等到下一站再下車坐回來吧。」

不知過了多久，呼呼大睡的快閃貓，突然從睡夢中驚醒過來，完全不知自己身在何處。

「天啊，火車開多久了？這裡是哪裡？」

從來沒有離家過的快閃貓，情急之下，不顧一切就跳了車。

這實在太危險了，幸好火車是停著的，不然他就完蛋了！

「咦？我還在『不停火車站』？怎麼會？我明

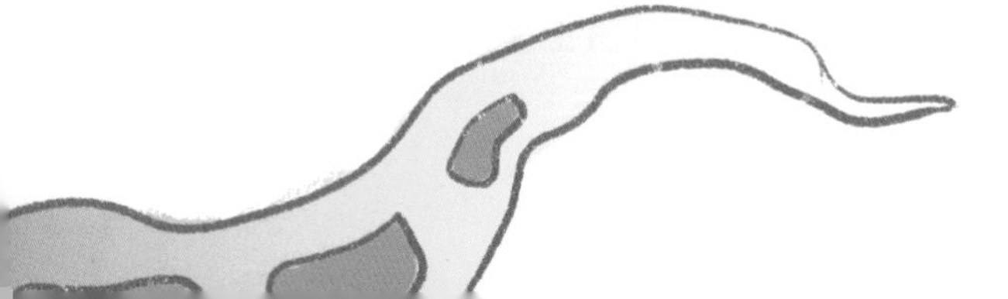

明看見火車開了啊，難道我坐的是幽靈火車？」

快閃貓嚇得拔腿就跑，一直跑到家才安心。

小朋友，快閃貓真的坐上幽靈火車了嗎？

午夜兩點，咕狗來解答
一起來火車站看看是怎麼回事吧！
彩繪列車
火車開了！
啊，不對，
我還在月臺的3號位置，其實是對面的火車開了。
這就是物體運動的相對性，當一輛列車靜止、一輛列車開動時，乘客在靜止列車上會無法確認自己所在列車是否開動；必須藉由其他固定物體的位置才能夠正確判斷哦。

答：露露所坐的列車並沒有開動，一直停靠在「不停火車站」，是隔壁的列車開走了。

9.年獸來了！

聽說一到過年，年獸會在神祕山出現。

快閃貓才不相信呢！所以家裡歲末大掃除的時候，他還帶著快閃影到神祕山腳下溜噠。

沒有意外，年獸來了！

一發現年獸下山，快閃貓立刻使出最快「閃」功逃跑，還不忘一邊拉著跑不快的快閃影逃。

變色羊看到快閃貓驚慌失措的樣子，忍不住開他玩笑，說：「怎樣？你是看見年獸哦！」

「你說對了，年獸來了！」快閃貓跑得氣喘吁吁。

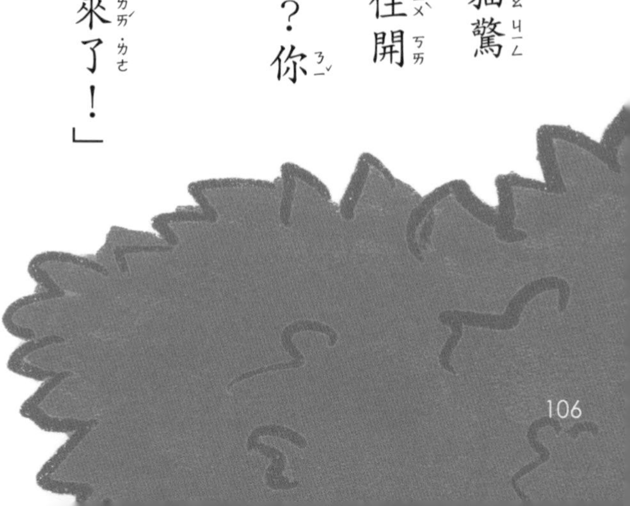

「真的是年獸嗎？我看看！」變色羊興奮得走上前，想看清楚一點，想不到就被年獸給抓了！

快閃貓太害怕了，竟然軟腳，連站都站不起來。

看到快閃貓嚇得要死的樣子，變色羊只能自己來想辦法。

「請饒了我們吧！我們可以幫你完成一個願望。」變色羊裝得可憐兮兮。

「真的嗎？」年獸問。

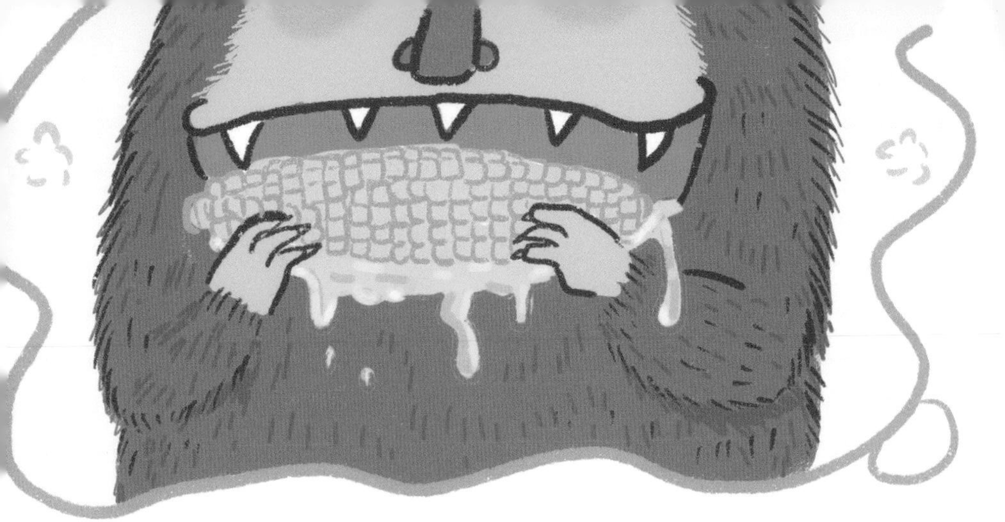

「我肚子餓了，想吃玉米，
我最懷念香甜可口的玉米了。」
年獸說著說著，口水流了下來。
「沒有問題，玉米我家很多，
你隨便吃。」變色羊指著牆上掛著
一大排晒乾的玉米。
年獸眉頭一皺，說：
「乾玉米不好吃，我想吃熱的。」

「好吧，那你跟我來，我炒一炒，馬上就好。」

變色羊拿了幾根玉米來到廚房，快速剝下玉米粒全扔進熱鍋裡，接著拿起大鐵鏟均勻翻炒，蓋上鍋蓋。

過了一會兒，熱鍋裡傳來一聲聲的爆炸聲……

「咦？怎麼跟外婆炒的不一樣？」變色羊打開鍋蓋，一探究竟，「慘了，玉米呢？玉米全部不見了！怎麼辦？我會被年獸吃掉！誰來救救我？」

她回頭一看，年獸也不見了。原來，年獸聽到啪哩啪啦的爆炸聲，嚇得跑掉了！

小朋友，變色羊打開鍋蓋的時候，到底看到了什麼？

午夜兩點，咕狗來解答
這倒是個好方法，從此以後，每逢過年，森林村家家戶戶都會炒玉米趕走年獸！
肚子餓了，炒玉米來吃吧。
咕嚕
玉米粒乾燥後，表皮因為失去水分而變得堅硬，可是內部還保留了些微的水分。
啪
哩
外殼（硬）
玉米粒內部有水氣
壓力
加熱後變水蒸氣。
壓力上升
到達破裂點
砰
由內往外翻
乾燥的玉米粒加熱以後，玉米粒內部的水分也會受熱沸騰，形成水蒸氣。
可是水蒸氣被堅硬的外殼包裹住，跑不出來，於是玉米粒裡的壓力越來越大，最後終於「砰」的一聲爆炸開來。
玉米粒裡的澱粉和蛋白質變白變脆，就變成爆米花了。
好香。
啪哩
啪
砰
終於回魂的快閃貓……
好香。
嗅
我也要吃。

答：變色手看到的是爆米花，乾燥的玉米粒經過加熱，變成「一朵朵的爆米花」。

10. 快門爸的床邊故事

所有森林村村民，每天最享受的事，就是到笑呵呵澡堂洗澡：冬天有溫泉，夏天有冷泉，洗完澡後，每一個村民們都會笑呵呵離開。

今天晚上，快閃貓全家也一起到笑呵呵澡堂洗澡，快閃媽到女生澡池，快閃貓和快閃爸一起到男生澡池。

洗完以後，由快閃爸先帶著快閃貓回家，因為快閃媽最近感冒不斷流鼻水、咳嗽，想再多泡一下澡，讓身體多流一些汗，感冒快點好。

「快閃貓，你要聽快閃爸的話，乖乖上床睡覺，知道嗎？」快閃媽叮嚀著。

「知道啦。」

回到家，快閃爸提醒明天得當值日生的快閃貓：

「準備睡覺嘍，否則你明天會爬不起來！」

快閃貓躺在床上，摸摸躺在身邊的快閃影，幫自己和快閃影蓋上棉被，等著快閃爸說故事，故事說完了，才能安心睡覺。

「兒子，今天換爸爸幫你說床邊故事，我今天要說的是《森林村的祕密檔案》。」

由於快閃媽媽還沒回家，只好由快閃爸硬著頭皮代打。快閃爸拿起書，準備說故事。

「爸爸，這本書媽媽已經唸過了。」

「那我唸別本。」快閃爸準備到書櫃換書。

快閃貓說：「書櫃的書，都已經說過了，媽媽現在都自己編故事。」

快閃爸的汗水越來越大滴，他清清喉嚨：「那麼，兒子，今天你想聽什麼樣的故事啊？」

「我今天想聽蝌蚪的故事。」

「好，那爸爸今天就說個蝌蚪的故事。」快閃爸做了一次深呼吸，硬著頭皮講：

「從前從前，在一個池塘裡，有著一戶幸福的家庭，家族成員有蝌蚪爸爸、蝌蚪媽媽，還有他們的孩子小小蝌蚪。小小蝌蚪很調皮，喜歡……」

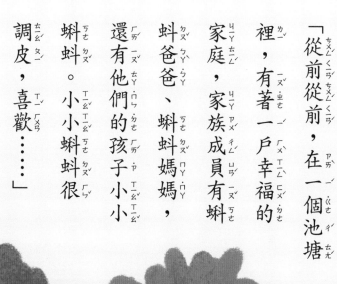

這時候，快閃貓突然哈哈大笑。

「你在笑什麼？」快閃爸問。

「你的故事怪怪的。」

「有嗎？」快閃爸搔搔頭。

「你自己想吧。我要睡覺了，爸爸晚安。」

快閃爸想破頭，就是想不出來自己說的故事有什麼問題。

聰明的小朋友，快閃爸的故事到底哪裡怪呢？

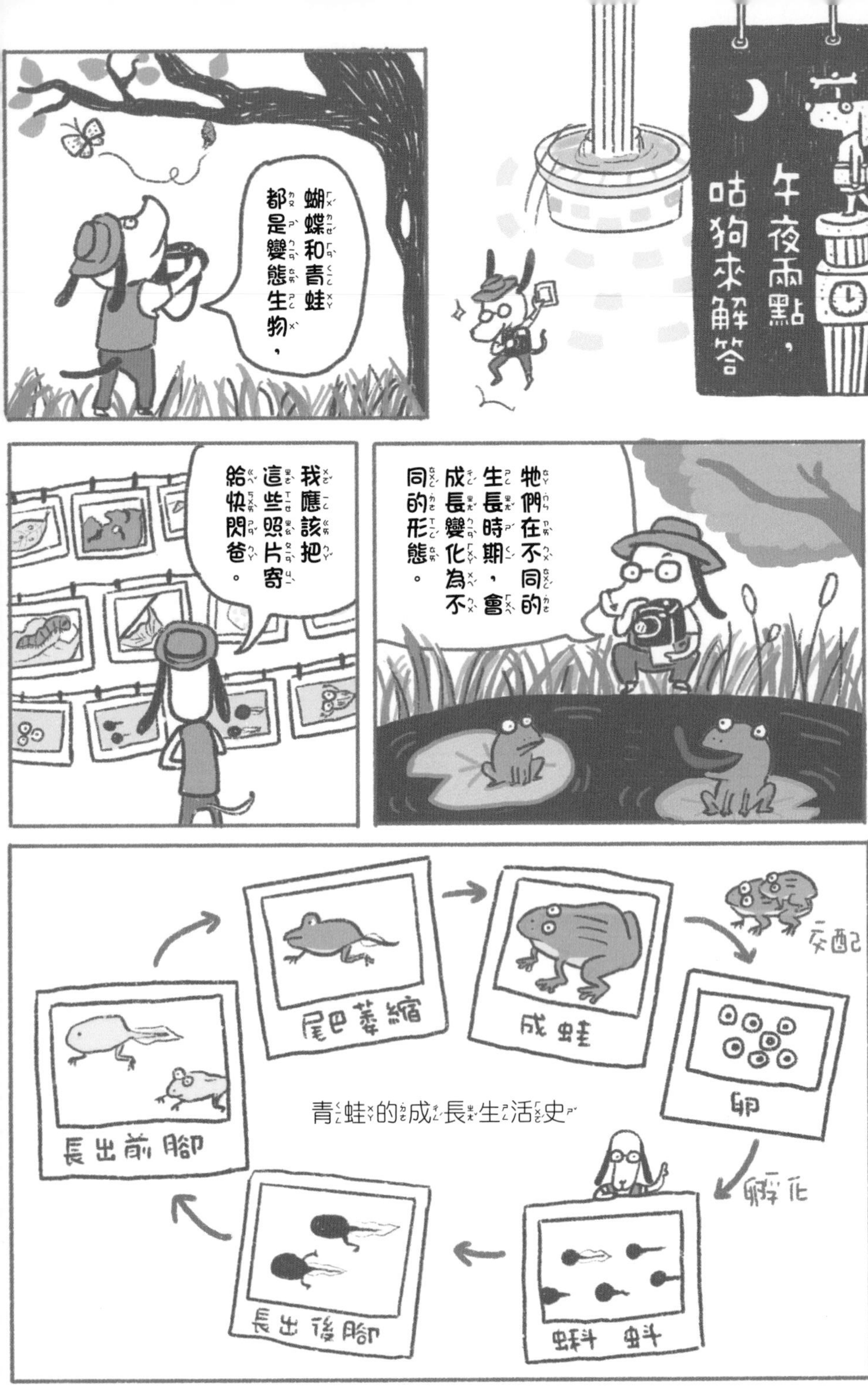
午夜兩點，
咕狗來解答
蝴蝶和青蛙都是變態生物，
牠們在不同的生長時期，會成長變化為不同的形態。
我應該把這些照片寄給快閃爸。
青蛙的成長生活史
交配
卵
孵化
蝌蚪
長出後腳
長出前腳
尾巴萎縮
成蛙

答：蝌蚪長大後會變成青蛙。小蝌蚪的爸媽，應該是青蛙爸爸和青蛙媽媽。

故事讀完之後……

—小小科學家迷宮 126
—「快閃貓謎語童話」系列特色大公開 128

小小科學家迷宮

遊戲設計｜曾品方　臺北市萬興國小圖書館老師

你發現了嗎？書中的每一篇故事，最後都有一個謎題，而且謎題的解答和生活科學原理有關唷！請用不同顏色的筆幫助快閃貓、變色羊、快閃爸，從故事中的謎題和故事重點，找到他們的解答，完成迷宮任務。

快閃影到底跑到哪裡去了呢？

〈快閃貓的快閃影〉

變色羊沒吃空心菜，為什麼會變成綠色？

〈羊毛變色秀〉

快閃爸的故事到底哪裡怪呢？

〈快閃爸的床邊故事〉

※請你自己找一篇故事來完成，先把人物畫出來，再寫出人物遇到的謎題。

故事重點：

變色羊先吃了（　　）的蒸蛋，再吃（　　）巧克力。

這是在第（　　）頁

故事重點：

快閃爸說：（　　）裡有蝌蚪爸爸、蝌蚪媽媽、小小蝌蚪住在一起。

這是在第（　　）頁

故事重點：

※請寫出這篇故事的重點事件。

這是在第（　　）頁

故事重點：

快閃貓（中午）到操場在大太陽底下罰站。

這是在第（　　）頁

答

蝌蚪的爸爸媽媽是青蛙。

生活－自然科學原理

兩棲類的變態

答

影子的長短會隨光線變化，正中午的時候影子最短。

生活－自然科學原理

光與影

答

變色羊先吃了黃色食物，再吃藍色食物，毛就變成綠色的了。

生活－自然科學原理

三原色與混色

答

請寫出這個任務的解答和原理。

生活－自然科學原理

給大人的小提醒

1故事達人：走迷宮任務把「提問設計、情節發展、科學原理」三者巧妙融合在一起。當您陪伴孩子閱讀時，可以適時引導孩子發現這三者的脈絡，讓孩子從小培養「說一個好故事」的能力。

2創意作家：第4項任務開放給小讀者自由發揮想像力。當您陪伴孩子創作時，如果卡關了，別著急！請再一次閱讀前項任務的結構，引導孩子在故事鷹架和創意想像間，發展出無限的潛能，讓孩子不知不覺愛上寫作。

「快閃貓謎語童話」系列特色大公開

1 全系列 40 則謎語童話．跨領域主題學習

謎語主題融合低中年級各領域，包括**自然領域**、**數學領域**、**國語文領域**和**藝術與人文領域**等。共計分四集。

- 自然謎語
- 數學謎語
- 漢字謎語
- 綜合謎語

2 結合國小國語文六大學習表現

聆聽

每一集精選一篇故事有聲朗讀，從聽故事愛上閱讀。

（若想聽全系列完整朗讀故事，請下載**親子天下有聲書** APP）

閱讀

透過故事、謎語、插畫和漫畫圖解，讓圖文閱讀力全面提升。

口語表達

透過故事和謎語的設計，從閱讀到謎語，透過問答提升表達力。

標音符號與運用

全系列內文含注音，提供初學漢字的讀者輔助閱讀。

寫作

書末附語文書寫遊戲練習，邀請各界閱讀教育專家協力設計，從閱讀輸入到書寫輸出，雙向搭配。

識字與寫字

單集總字數約八千字，參考教育部的小學生低中年級常用字前一千八百字。

3 故事謎底參照各領域原理

快閃貓生活謎語童話 1：神祕山有鬼？

	篇章名		課程領域和原理對照
1	快閃貓的快閃影		生活｜自然科學領域原理 光與影
2	羊毛變色秀		生活｜自然科學領域原理 色料三原色與混色
3	天哪！不准笑 巫婆回來了！		生活｜自然科學領域原理 壓力影響氣體溶解量
4	雲校長的祕密	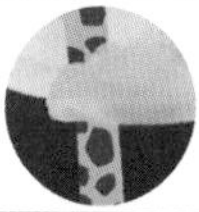	生活｜自然科學領域原理 月相的變化
5	猴正經與猴不正經		生活｜自然科學領域原理 磁性，同極相斥，異極相吸
6	神祕山有鬼？		生活｜自然科學領域原理 氣壓與沸點
7	打臉扇		生活｜自然科學領域原理 視覺暫留
8	幽靈火車		生活｜自然科學領域原理 錯覺
9	年獸來了！		生活｜自然科學領域原理 水受熱成水蒸氣，體積膨脹，造成高壓。
10	快閃爸的床邊故事		生活｜自然科學領域原理 兩棲類的變態

審定人—**盧俊良**（宜蘭岳明國小自然領域教師／FB「阿魯米玩科學」粉絲頁版主）

閱讀123